자장면 먹는 노인

자장면 먹는 노인

강윤미 외

북스토리

| 차례 |

강윤미 자장면 먹는 노인 8 고요의 블록을 쌓다 9 탁본의 방 10 落花 오 분 전 12

이경숙 구둣방에서 구두는 팔지 않아 14 자진철거동의서 15 실눈의 능소화 16
9월의 메모 17

정군칠 정방사, 배롱나무 20 지렁이 21 바람이 들락거리는 몸 22 해녀콩 23

남진원 紅梅 26 봄날 새잎 27 벚꽃 28 바람이 들락거리는 몸 29

김기홍 숲에서 보낸 편지–담쟁이 32 북풍받이 복숭아 34
또 한 세상에 들어서다 36

김남규 재개발 이발소 40 당신의 재생 41 껌이 내게로 와 꽃이 되었다 42
꽃의 체위 43

이향 노인들 46 경계 47 천 원 48 바퀴 49

유승도 여명 52 쥐를 묻으며 53 장마 시작 54 상처 56

노창재 단상 58 땡초 60 그런 날 61 미루나무의 계절 – 우포늪에서 62

이서린 순대 64 사랑을 잃고 66 겨울밤 67 야간운행 68

고진하 허수아비 72 닭의 하안거 73 뽕, 뽕의 추억 74 노천카페–인도시편 76

최준 만항재 78 나비 79 지난여름의 3차 80 때늦은 담장 82

김성규 경칩 84 주머니1 85 주머니2 87 주머니3 88

배한봉 홍시를 딴다 92 눈물 94 부화하는 숲 95 첫 사람 96

이영춘 보름달에게 묻는다 100 경계–산소마스크 속 엄마 101
지구를 떠난 유성들 102 옹이 104

이경진 어머니의 텃밭 106 꽃이 들어왔다 109 웃음소리 110 새소리–덕암리 112

고정국 부처와 은행나무 116 도래지에서 117 그리운 섬 118 이월의 숲 119

강윤미

자장면 먹는 노인

고요의 블록을 쌓다

탁본의 방

落花 오분전

강윤미 순창공공도서관 파견 작가. 2010년 〈문화일보 신춘문예〉를 통해 등단했다. 주요 작품으로 「기린」, 「골목의 각질」, 「모딜리아니의 방」, 「오름의 봉우리마다 무덤이 사는 이유」, 「늦은 귀가」 등이 있다.

자장면 먹는 노인

카트를 끌며 분주하게 왔다 갔다 하는 사람들 속에서
노인은 자장면을 먹고 있다

바닥을 끌었다 놓는 바퀴 소리에도 아랑곳하지 않고
면발을 빨아들인다
채우면 채울수록 쭈글쭈글해지는 얼굴
춘장으로 뒤범벅된 입술

쯧쯧, 난 추하게 늙지 말아야지

단무지, 깍두기, 양파를
뱃속으로 끌어 담는 노인
저 식욕이 죽음을 살찌울 것이다
배부른 죽음으로 여생을 버틸 것이다

검은 머리 청춘을 이미 소화시켜버린
그 옛날의 아가씨가……

상상이 툭 하고 끊어지는 오후
내 등이 서늘해진다

고요의 블록을 쌓다

낙타를 훔친 사막
묵언 수행자의 피리 소리
눈 쌓인 12월의 밤
모래시계 속에 쌓인 나이를
서서히 흘려보내는 후박나무
고양이의 발
사슴의 목을 향해
한껏 긴장을 부풀린 사자
독이 있어 외로운 뱀
지붕 끝에 매달려 허공을 떨어트리는
빗방울
허공을 채운 항아리
태풍의 심장
때가 되어야 건널 수 있는 소매물도 등대섬
몇 년째 천장만 쳐다보다 천장이 된 남자
링거병 속 한 방울의 끼니
생의 이쪽
그러면서 저쪽

탁본의 방

짐을 꺼내놓은 텅 빈 방
말을 걸면 방 안을 맴돌다 사라지는 목소리
수건이 걸레가 되고 걸레마저 걸레가 될 때까지 닦아도
닦이지 않는 눈동자 하나
숨어서 지켜보는 것 같다
제 나이를 덮은 먼지를 쓰레기봉투에 담는 순간에도
들려오는 목소리

이사한 방에서 맞는 첫날밤
누군가 웃고 있던 자리에 내 얼굴을 건다
웃음의 온기가 아직 남아 있는 벽은 울음에서
웃음의 표정을 쉽게 불러온다
울음과 웃음은 무표정한 사진 속에서 뒹군다

외출을 하고 돌아오면
누군가 다녀간 것 같이 아득한 느낌
내 이름을 부르던 자명종일까

떠나온 방마다 살고 있을 그림자
열쇠를 꽂는다

찰칵,
나도 모르는 무늬 속으로
빨려 들어가는 저녁

落花, 오 분 전
낙 화

  손가락과 발가락만으론 날 얘기할 수 없어요 점쟁이가 나이를 물어요 그녀는 여전히 용한 표정만 짓고 있고요 나는 육 개월이라고 대답하다 말고 눈가를 파고드는 주름으로 그녀의 나이를 가늠해요 본 적 없는 나이테가 내 배 위를 돌고 돌아요 궤도를 이탈한 행성처럼 혹은 주문처럼 배꼽이 자꾸 말을 걸어요

  벌들이 꽃대궁을 분주히 옮겨 다니는 오후, 쌀알처럼 옹기종기 모여 있는 대낮의 별들이 쏟아져 내릴 것만 같았지요 이렇게 환한 날 별똥별 하나 지운다 해도 누구 하나 서운할까요 볼 장 다 본 봄, 허공은 꽃잎을 떨구고 마음은 지칠 대로 지쳐 더는 지치지 않아요 가만 보면 여자란 조그마한 저울이지요

  이제 나는 앙큼한 여자가 되기로 해요 꿈이란 해몽하기 나름 아닌가요 나 아닌 내가 심심할까봐 장난감 같은 벌들의 날갯짓 소리도 차곡차곡 귓속에 담아놔요 내 몸은 두근거리며 발굴되기를 기다리는 동굴, 물방울이 바닥에 닿았다 천장으로 솟구치는 순간 십억 년쯤은 말끔히 사라지겠죠?

이경숙

구둣방에서 구두는 팔지 않아

자진철거동의서

실눈의 능소화

9월의 메모

이경숙 하동평사리문학관 파견 작가. 2004년 〈경남작가〉 신인상을 수상하며 등단했다. 〈시와 상상〉에 시 「애비」와 〈하동문단〉에 「광수생각」 「그림 읽는 남자」 등의 작품을 발표하였다.

자진철거동의서

자진철거동의서에 억지로 서명을 하고
이웃 없는 대문으로 들어서던 날
무심코 던진 시선을 따라 올라온
솎아져 버려진 틈 속에
줄기만 푸르게 남은 호박 모종
남들이 눈치채지 못하게 버텨낸 최소한의 목숨
그 목숨의 끝에 손톱만한 잎을 달아
몸을 키우고 있었구나.
약한 힘으로 살아남는다는 것
몸뚱아리의 일부를 잘라버리고
참아낸 많은 시간들이 잎에 달려 흔들린다.
내 가지에 매달린 아이들도 덩달아 흔들린다.

구둣방에서 구두는 팔지 않아

지나쳐버렸으면 알 수 없었을 거야.
구둣방이란 이름표 붙인 속옷 가게를.

할아버지의 할아버지 그 할아버지의 할아버지를
주셨다 다시 데려간 이백 년의 시간은 길기도 한데.

헝가리의 작은 상점은 훈장처럼 그 간판 달고
유리창은 반짝이기도 하지.

구둣방에서 속옷을 고른 나는
이백 년의 시간도 함께 담았지.

실눈의 능소화

계집 하나가
실눈으로 사내를 훔쳐본다
언제부터였을까
담장 밖에서 서성이던 계집이
힘겹게 담장을 오르기 시작한다
아니 저 계집이
숨소리 낮추고 지켜보고 있다.
다리 하나를 걸친다
남은 다리를 들어올리기 위해
상체를 울안으로 들이밀고 말았다
저런
끝없이 나랏님을 기다렸다던 소화가
이 계절 마음을 열었다
오지 않는 사람을 기다리는 건
수 세기 전 이미 끝나버린 이야기
마음에 드는 사내를 찾아 담장을 넘는
계집의 엉덩이를 밀어주는 구월
담장을 넘어온 소화가
사내 앞에 주홍의 눈을 치뜨고 있다.

9월의 메모

축담에 세워진 깻단이 수런거린다
열쇠를 찾는 중이다
일정한 간격으로 여름 한 철 지었던
수 천 개의 방
참깨 가득한 방
스스로 열어버리기 전에
채워두었던 방
나 몰래 열어버리겠다고 열쇠를 찾고 있다
발목은 묶여도 문을 열 수 있는 힘
방방마다 숨어 있다
햇살이 도와주고 있는 게 분명하다
담장에 기대어 팔을 벌린다
바람도 햇볕도 내게 먼저 와
칸칸이 들어 있는 생각의 방
작대기 하나 들고
소리 나게 털 수 있도록.

정군칠

정방사, 배롱나무

지렁이

바람이 들락거리는 몸

해녀콩

정군칠 제주시탐라도서관 파견 작가. 1998년 〈현대시〉를 통해 등단했다. 시집 『수목한계선』 『물집』 등이 있으며 한국방송대 제주지역대학 국문학과 시창작 동아리에서 시창작 강의를 하고 있다.

정방사, 배롱나무

차를 날라온 수영 스님 하얀 옷소매에
배롱나무 꽃잎이 얹혀 있다
참으로 선명한 피 한 방울

봄까지만 해도 헐은 속살 그대로라 영락없이 말라 죽었군
했는데 여름 햇살에 붉은 피 쏟아내는 배롱나무, 어쩌면 아
침 예불에 다스린 수영 스님 일 년치 마음이 한꺼번에 피어
나는 건 아닐까

뒷걸음 하며 꽃잎 살포시 눌러 잡는
젊은 여승

지렁이

洗心亭^{세심정}을 나온 노인
주름뿐인 몸을 민다

눈 없는 것, 구부러진 몸의
물음표

우물은 어디인가
절 마당 김 솟는다

대웅전 한자리 차지하신 분은
실없는 웃음만 실실

해녀콩

태아가 발길질하듯
멀미나는 세상 걷어차는 어미가 있었다
저승길 멀다 해도
바닷속 그 길 같을까
홑적삼에 바지 한 잎 달랑
들숨이 있는 한 살아 있는 목숨이라

날아가다 멈추었다는 비양도 팔랑못 가
바다 향해 섬칫섬칫 줄기 뻗은 해녀콩을 본다
줄기 끝에 콩꼬투리 대롱대롱 달려 있다

안타까운 안간힘
바다는 날콩의 비린내를 노을빛으로 받아내고 있었다

속엣것 지우려 한 움큼 날콩을 먹었다지
바닷속 그 길 드나듦이 사는 길이라는 걸
비양도 어린 해녀들은 듣고 또 들었다 하지
불턱에 모여 앉은 상군 해녀들
조근조근 일러주었다 하지

바람이 들락거리는 몸

철공소 안마당
무화과나무 한 그루가 자란다
담벼락에 턱을 걸친 무화과나무 가지들은
철공소를 닮아 붉게 녹슬어간다

혀를 내밀어 사방을 핥던 담쟁이 줄기들도
바짝 마른 채 벽에 들러붙어 있다
상처를 핥는다는 것은
스스로를 내어주는 것
혓바닥은 모두 잘려 있다

철근을 엮어 용접한 단단한 철공소 문으로
밤마다 바람이 들락거린다
틈새 하나 없이 반듯한 철문을 통과한 바람이
무화과나무 가지를 흔든다
무화과나무 가지가 물풀처럼 가볍게 흔들린다
담벼락에 물이 스민다

오늘 물풀처럼 흔들리는 사내의 몸속으로
바람이 들락거린다

남진원

紅梅

봄날 새잎

벚꽃

봄볕이 고요 곁에 앉다

남진원 강릉평생교육정보관 파견 작가. 1980년 〈월간문학〉 시조 부문 신인작품상,
1983년 〈강원일보 신춘문예〉 시 부문, 1996년 〈문예한국〉 신인상을 수상하였다.
시집 「어초」「장자의 하늘」「나를 읽는 시」 등이 있다.

紅梅 ^{홍 매}

그리움은 적막으로 미리 앉혀놓았으니……

바람은 붓이 되고
난 畫紙가 되었구나

신들려 찍어대는 저, 움직이는 紅花 낙관

봄날 새 잎

이리도 맑은 날은 사랑도 閑日이라
나무에 기대서니 마음 귀가 열리고나
잎, 잎은 글자가 되어 내 여백을 채운다.

벚꽃

검버섯 돋아나는 투박한 가지마다

휘어진 눈물처럼 그렁그렁 매달린 꽃

흰 불로 지지며 뜬다 아린 속말 환한 귀

봄볕이 고요 곁에 앉다

蘭 화분 두서너 개 벗하며 두었더니

창가에 볕이 좋아
마음결도 삭는구나

茶器에 물 내리는 소리, 한참 그리 보고 있다

김기홍

숲에서 보낸 편지 - 담쟁이

북풍받이 복숭아

또 한 세상에 들어서다

김기홍 순천시립중앙도서관 파견 작가. 1984년 〈실천문학〉을 통해 문단 활동을 시작했다. 시집 「공친 날」 「슬픈 희망」 등이 있으며 문화예술위원회 지원 사업으로 광양여자중학교 문예반 객원문예교사로 활동하였다.

숲에서 보낸 편지
－담쟁이

키우던 고양이도 내다 버리면
어느 집 헛간이나 산으로 올라가
퇴화된 본성을 찾으려 강한 훈련도 하겠지만
버리지 못해 길들여진 습과 분노로
결국 도둑고양이가 되어
예전 마을로 돌아가 닭을 사냥하다 끝내 잡히면
맞아 죽거나 밟혀 죽지 않더냐.

이리 와 어서 내 등에 오르거라.
그 밑바닥에서 기어 다니다 끝내는
행인의 빠른 발길에 치여 흔적마저 사라질 것
같은 목숨인데 종이 다르다고
어미가 되지 말란 법 있더냐.
너의 천성은 타고 기어오르는 일
나 이미 하늘의 품에 와 있노라.
숲속의 한 소나무는 품을 열어
그를 업고 먹이며 살아왔다.

몇 해 지나 야위어가던 소나무는
미풍이 불던 어느 대낮

소리도 없이 장신을 땅에 눕혔다.
푸른 잎을 매달았던 가지는 뼈가 드러나고
전신은 담쟁이가 칭칭 감은 채
심장이며 폐에 까지 뿌리를 박고 있었다.
그는 다시 땅바닥을 헤매고
배은망덕한 놈!
산간 마을 빗갈이 고추밭에선
주렁주렁 매달린 소문이
이글이글 타올랐다.

북풍받이 복숭아

뻔뻔하게도 나는 늙은 복숭아나무
붉은 눈물을 따먹는다.
북풍받이 자갈땅 개간지
건너편 양지의 과실은 턱도 따라오지 못하는
이 복숭아의 단맛은 어디서 오는지

남편 산으로 들어가 산귀신 되고
아들 녀석 배 만드는 공장에 갔다가 물귀신 된 뒤
굽어진 허리 휘어진 팔다리 겨우 명아주지팡이에 의지하여
땅만 보고 걸어야 하는
없는 듯 살아온 저 윗집 할머니를 닮은 나무

눈보라를 맞으면서도 잘도 견뎌왔다.
나무 한 목숨도 자식 목숨이다
가을걷이가 끝나면 늙은 아버지는
다리가 휘도록 인분을 퍼 올렸다.

이런 사연 저런 상처 몇 개쯤은 다 있어
머슴 날 막걸리에 취해 넘어지고 자빠지면
울고불고 눈물도 함께 흘리고 닦아주는 사람들

덕석에 둘러앉아 한 소쿠리 복숭아를 깨문다.
풀벌레 사랑 노래 밤하늘에 청청한데
푸른 청춘들 간데없고 낡은 인생만
듬성듬성 누런 치아처럼 남아
팔려 나가지 못한 복숭아를 먹는다.
벌레도 약이 된다며 아삭아삭 씹어 먹는
성성한 백발 위에 맑은 별이 내린다.
달디단 별꽃이 핀다.

또 한 세상에 들어서다
－낙죽장 김기찬 형의 '빛에서 빛으로' 전을 축하하며

한 그루 소나무가
소리도 없이 바람과 비와 눈을 맞고 보내며
온몸 뒤틀리고 부러진 몸으로
별빛 햇빛 그러모아 수십 생을 살다가
어느 장인의 손에서
두레박으로 똥장군으로 밥그릇으로 다시 태어날 때
그 기쁨을
그 생명을 말하는 이 아무도 없었네.

몇 그루 싸리나무가 안개 흙먼지 속에서 꽃 피우며
수수 년을 살다가
어느 장인의 손에서 사립문으로 빗자루로
바구니로 다시 새 생명을 받을 때
그 기쁨을
아무도 알지 못했네.

모르는 것은 정직하였네.
그 세상 그 새로운 생명의 세상
안다고 하는 것은 무지였네.
오늘도 이 자리에서 또 한 세상의 생명을 보면서

아는 것은 아무것도 없네.
그저 희열로 마음이 환히 밝아지는 기쁨을 느낄 뿐이네.

여기 우리 몇 생 몇몇 생을 살다가
알지 못할 우주 속 티끌만 한 작은 별에 살다가
봄바람에 나부끼고 폭풍에 시달리다
암꽃 수꽃 어우러짐 속에 꿈으로 살다가
이 생 다하여 어느 신의 손에서 무엇으로 태어나면
오늘처럼 기뻐할 수 있을까

구부러진 나무 고무래로 쟁기로
튼실한 가지 지게로
백 년 세월 이 아픔 저 즐거움 끌어안고 자라온 줄기
인간 세상 기둥으로 우뚝 서서 살면서
또 한 세상 우리가 거름이 되리란 희망에 즐거워하면서
살 수 있을까?
살아야 한다.
한 그루 나무가 장인의 손에서
빗이 되고 빛이 되고 또 한 세상을 여는 환희를
오늘은 사람의 숲에서

진한 향기로 새긴다.
가슴이, 온몸이 거센 파도로 출렁인다.
아, 이 새로운 생명의 하늘바다여!

김남규

재개발 이발소

당신의 재생

껌이 내게로 와 꽃이 되었다

꽃의 체위

김남규 충남문학관 파견 작가. 2007년 〈조선일보 신춘문예〉를 통해 등단했다. 문학 계간지 〈열린 시학〉등의 매체를 통해 작품을 발표하고 있으며 시집으로 동인 시집 『건반과 고삐』 등이 있다.

재개발 이발소

빛바랜 달력 위로 숫자들이 눅눅하다
재개발 통지서를 의자에 앉혀놓고
삼색등 삐걱이는 소리 끝손질을 다독인다
뭉텅 잘린 시간들 빗자루에 잡혀 있고
가위 잡힌 굳은살 매만지며 들썩일 때
저 멀리 굴삭기 모양 햇살, 손등 덥썩, 문다

당신의 재생

아기 없는 유모차에
파지 가득 포개 담고
망가진 비디오도
싣고 가는 여름 한낮
나란히 유모차 손잡는
할머니의 그림자

되감기 버튼만
깊게, 오래 눌렀다
유모차 안쪽으로
누울 수 없다니
버려진 시간 훑으며
올 풀리는 목장갑

빨리감기 누르기까지
한나절 걸렸지만
무게로 계산받는
당신의 정지화면에
목주름 깊이 더해가며
목수건을 적신다

껌이 내게로 와 꽃이 되었다

적당히 벌린 무릎 그 귀가의 틈새에

그대가 다녀갔고 그때는 몰랐었다

그대가 내밀던 껌이 내게 꽃이 되었음을

흔들리지 않았다면 꽃이 되지 않았을 거다

그대의 낡은 손은 메마른 가지였지만

빈손은 시선을 체관 삼아, 개화를 서둘렀고

천장의 꽃무늬가 줄금줄금 짙어가자

그대가 꽃 장수라고 불면에 획을 더한다

충혈된 낭만이라고 또 한 획 추가한다

꽃의 체위

녹슬어 풀린 집게 빨랫줄 그러잡아
어머니 붉은 팬티 허리를 떠받친다
비 젖은 장미 레이스 엷어지는 꽃잎들

몸엣것 쏟아내고 남은 것은 느슨하다
젖었다 마르기를 여름 내내 반복하며
휘우듬 집게와 팬티 한쪽으로 기울 때

장마가 모아놓은 웅덩이를 끌어당겨
헐거운 엽맥들 하늘 향해 뻗어간다
풀어진 폐경의 힘으로 그믐께를 기다린다

이향

노인들
경계
천원
바퀴

이향 삼국유사군위도서관 파견 작가. 2002년 〈매일신문 신춘문예〉를 통해 등단했다. 주요 작품으로 「새들은 북극으로 날아간다」 「구겨진 몸」 「한순간」 「만개」 「발」 등이 있다.

노인들

　한창인 벚꽃 그늘 아래서 이쪽은 할아버지 저쪽은 할머니
들이 따로따로 앉아 있다 특별한 놀이도 없이 멀뚱히 있다
가 간간이 이쪽에서 저쪽으로 우스갯말을 던지면 한바탕 웃
음으로 맞장구나 치면서 일정한 거리를 유지하고 있다 같
이 모여 앉아도 아무 일 없을 것 같은데 굳이 따로 있는 걸
보면, 아직 뭔가가 있는가 싶기도 하다 언젠가 저들이 푸른
잎사귀 였을 때 어느 골목 앞에서 서로에게 두근거리며 피
었던 적 있지만, 이제 올라가지도 못해 쳐다만 볼 나이에
꽃그늘 사이로 덜 핀 낮달이 슬쩍 비치기도 한다 저들의 꽃
놀이는 우리와 달라서 얼굴에 그늘이나 올려 두지만 나이가
들어도 영 따로 놀지는 않는다

경계

　겨우내 얼어붙은 배추들 죽었는지 살았는지 분간하기 어렵다 삶과 죽음이 그곳에서 만나 어떻게든 견뎌보려고 서로에게 달라붙어 있는 것 같다 언뜻 보면 한몸으로 엉켜 있는 것 같지만 죽음을 걷어내면 삶까지 딸려 나올 것 같아 이러지도 저러지도 못해 던져놓은 채소밭. 교차하지만 서로 손잡지는 않는 것이 그것들의 본성인가 싶기도 하지만 어느 것에도 애착이란 다 있어 얼마나 더 엉겨 붙어야 끝이 날지 간혹 안면은 있지만 지나치고 나서야 돌아보는 사이처럼 삶과 삶이 아닌 것의 경계는 너무 얇아서 함부로 뽑아버릴 수 없었던 모양이다

천 원

젊은 남자가 수세미를 팔러 왔다 필요 없다고 해도 빈 소
매를 유독 흔들어 보이고 있다 왜 그랬느냐고 팔에 대해 물
어주기라도 기다리는 듯 한 묶음의 수세미를 들고 없는 팔
을 자랑 삼아 흔들고 있다 두 팔보다는 외팔이 무슨 방편이
라도 되는 것일까 어쩔 수 없이 돈을 주고받을 때 얼떨결에
놓쳐버린 천 원짜리 한 장을 줍기 위해 빈 소매에서 빠져나
온. 당황해서 얼른 집어넣지도 못하는 팔, 아무리 숨겨도
퇴화해버리지 못한 부끄러움 같은 것이 그에겐 아직 남아
있는 걸 보니 그렇게 흔들린 지가 오래되지는 않은 것 같다

바퀴

　유모차를 밀고 오는 줄 알았는데 유모차가 할머니를 끌고 온다 금방이라도 내려앉을 것 같은 몸을 바퀴에 맡기고 있다 더 이상 두 다리로는 지탱 할 수 없는 몸 한때 유모차 바퀴를 주도했을 그때는 해맑은 아이였을 할머니* 어떤 길을 흘러왔기에 저토록 사그라졌을까 주름 잡힌 밤을 지나 바퀴가 지나온 곳을 우리는 알지 못하지만 구부러진 손등 위로 바퀴가 굴러 갈 길도 알 수 없지만 언젠가 이 앞을 지나간 적이 있기라도 하는지 할머니도 바퀴도 기억을 더듬듯이 가고 있다

　*사진집 『우리가 사랑해야 하는 것들에 대하여』 중

유승도

여명

쥐를 묻으며

장마 시작

상처

유승도 영월도서관 파견 작가. 1995년 〈문예중앙〉 신인문학상을 통해 등단했다.
시집 『작은 침묵들을 위하여』『차가운 웃음』과 수필집 『촌사람으로 사는 즐거움』
『고향은 있다』 등이 있다.

여명

꺼꺼꺼거거거거겅 꺼어꺼

꿩의 울음소리가 쫙 깔린 어둠을 일으켜 세운다 집 앞 묵밭 어디쯤에서 살려달라고 외친다

어둠이 눈을 떠 푸르스름한 빛으로 세상을 본다

쥐를 묻으며

덫으로 잡은 쥐를 개울에 넣어 죽여 포도밭에 묻었다
녀석은 눈을 뜬 채로 죽었다 억울했겠지
내가 사는 집이 사람 집이 아니라 쥐 집이 될 판이니 어쩌냐
억울했겠지 그래도 이제 죽었으니 편안히 썩어서 포도나무
나 되어봐라
내년에 달린 포도를 내가 먹고 '찍찍' 운다면 네 억울함도
포도 잎을 흔들고 가는 바람 정도 될 수 있을까?

장마 시작

산비둘기 두 마리

집 앞 전깃줄 위에 나란히 앉았다 빗방울이 떨어지기 시작한 지는 꽤 되었다

가만히 있던 한 놈이(아마도 수놈인 듯) 다른 놈을 향해 몇 발짝 다가가 머리와 가슴을 통째로 올렸다 내렸다 주억거린다

가만히 보던 놈이

얘가 왜 이래?

스르르 옆으로, 가까워진 만큼 멀어진다 그러자 다가간 놈도 주억거림을 멈추고 다시 앞을 본다

좀 심했나 싶었던지 멀어지던 놈이 다가가던 놈을 향해 비스듬히 몸을 기울인 채 고개는 앞을 향하고 가만히 어딘가를 바라본다 다가가던 놈도 멀어지던 놈을 향해 비스듬히 몸을 기울인 채 앞을 본다

좀 전보단 조금 더 강한 소리를 내며 빗방울들이 새들 아래의 나뭇잎을 때린다

한 번 또 한 번

다가가던 놈이 다가가면 멀어지던 놈은 그만큼 또 멀어진다

이윽고 멀어지던 놈이 '휘잇' 산 아래로 날아가고 난 뒤, 다가가던 놈은 멀어지던 놈이 있던 자리까지 닿게끔 날개를 쭉

펼쳤다 거둔 뒤,

　잠자코 멀어지던 놈이 날아간 곳을 바라본다 빗소리가 점
점 더 세차게 숲을 때린다

상처

두 소나무의 가지가 서로 엇나가며 만났다
바람이 분다 두 가지가 흔들린다
만난 그 자리에서 두 가지가 서로서로의 껍질을 깐다
송진이 흐르고 살이 파인다
가지들은 그래도 자라고 바람은 또 분다
살기 위한 만남이
어쩌다 서로를 죽이는 만남이 되었을까?

둘은 기어코 살과 살이 붙어 한몸이 될까?
하나의 가지가 죽어 썩어서 부러지고
한 가지만 남을까? 아니면 두 가지 모두 죽을까?
아무도 모르고 두 가지도 모르는 일

다시 바람이 분다
가지가 흔들린다 살이 파인다

노창재

단상

땅초 그런 날

미루나무의 계절-우포늪에서

노창재 창녕도서관 파견 작가. 계간지 〈주변인과 시〉 〈시와사람〉 〈작은문학〉 등 다양한 매체를 통해서 작품 발표를 하고 있으며 경남작가회의 이사를 역임하고 있다.

단상

1. 엄마
이응과 미음 사이에는
바보가 산다

2. 손님
세상 가장 고오운 말씀 중에는
그런 것이 있었지
정갈한 삽작머리*
첫눈처럼 오시는 걸음을

3. 죽비
이편을, 아니
저편을 깨우는 소리

4. 오류
그러니까, 자신도 모르는 놈이
그대를 먼저 알았다는 것.

5. 애인

여름엔 같이 눈을 맞고 싶고
겨울엔 같이 비를 맞고 싶은

*삽작머리 : 경상도 방언으로 시골집 대문 앞 근처를 이르는 말

땡초

중복 뙤약 아래 밭일 보다가
힐끔 사방을 둘러보며
황급히 허리춤을 잡고 고랑에 쪼그려 앉으시는 할머니
......

풍경을 머금고
눈두덩이 부었다

그런 날

아무것도 없는 길 위의 공간에
잉잉과 윙윙이 가을볕에 섞여
웅웅거리는 날
하루살이 날파리 모기 새끼벌
그들의 몸부림이 거울같이 보이는 날

뽑힌 고춧대에 새파랗게
풋고추가 영문 없이 매달리고 있는 날

걸음이 날랜 아버지가
속절없이 수척해서
한마디의 간섭도 없는 날

그런 날은
말하기 위해 입을 한 번도 열지 않은
대체로 그런 날이 아니었냐는
생각이 듭니다

미루나무의 계절
-우포늪에서

초경을 건너는 소녀의 종아리보다 훌쩍
성하의 초록들도 가랑이 사이에서 넘실
초록 실은 바람도 가슴 언저리서 출렁
폭풍 전야 먹장구름같이 왕매미 소리도 왕창
성장통 꿈을 꾸는 소년처럼
아득한 꼭대기로 날아올라서는

늪은
연잎으로 잔잔한 물결을 다독이는 사원

사원의 입구를 우뚝
눈 부라리며 용트는 금강역사
그 수직의 합창 아래로 한껏
또, 떨어져서는
그렇게 한나절 그네를 타고서는

이서린

순대

사랑을 잃고

겨울밤

야간운행

이서린 창원도서관 파견 작가. 1995년 〈경남신문 신춘문예〉를 통해 등단했다.
2007년 월하지역문학상을 수상했으며 공동시집 「사랑을 버리고 떠나라 하네」 등
이 있고, 마산 MBC FM라디오 〈시가 있는 풍경〉을 진행하기도 했다.

순대

뒤축이 구겨진 운동화를 신은 여자
한 손은 검은 비닐봉지 꼭 쥐고
한 손은 태양을 가린 채
천천히 시장 한복판을 걷다가
우뚝, 순대 파는 포장마차 앞에 선다
순대를 주문하는 여자의 눈 밑과 목덜미
땀에 젖어 벌겋게 부어 있다
또 맞았제
도마 위에 순대와 간, 내장 등을 처억 올리며
때 묻은 선풍기 바람을 쐬던 주인 여자
기가 차다는 듯 혀를 찬다
와, 그 인간이 또 안주 사온나 카더나
골고루 썬 순대를 비닐봉지에 담다가
마, 오늘 도망가뻐라고 속삭인다
흘러내린 머리카락 귀 뒤로 넘기며
이거, 내가 먹고 싶어서
여자가 부은 얼굴로 배시시 웃는다
이런 쓸개 빠진 년, 지금 아가 뭔 소용이고
뜨거운 김 오르는 순대 솥 뒤로 하고
땀에 절은 시장통을 벗어나는 여자

반바지 아래 드러난
다리의 붉은 흉터 저녁 해에 선명하다

어둡고 습한 반지하 셋방
여자는 목 꺾인 선풍기 틀어놓고
물도 없이 꾸역꾸역 순대를 먹는다
먹다가 배를 잡고 웅크리는 여자 눈에
지상의 무수한 발길들이 보인다
토막토막 순대가 식어가는 방에는
꽃 같이 잎 같이 곰팡이가 피었다
눈물로 얼룩진 여자의 얼굴은
저벅저벅 내려온 어둠에 지워지고
선풍기 소리 적막한 세상의 방 한 칸
얼룩진 별들이 하나둘 돋는다

사랑을 잃고

어쩌다 폐허가 되었을까

한때 어여쁜 것들이 피었던 자리
상처 입은 기억들이 시들어간다
아득히 먼 길 향기를 피운
천리향은 뿌리까지 죽은 지 오래
스멀스멀 안개는 마루를 기어올라
안방마저 점령할 태세다
방치된 시간이 안개에 뭉개져도
추억은 좀체 소멸되지 못한다
오래되고 녹슨 못은 빼기가 어렵다
기둥에 붉은 녹물 흐른다 해도
삭아 내릴 때까지 품고 있을 수밖에
어둑어둑 하늘을 따라
새 한 마리 지붕에 앉는다
온갖 잡것이 들끓을 밤
스스로 지쳐 잠들 때까지
때론 가만히 지켜봐야한다

안개는 좀처럼 걷히지 않는다

겨울밤

바람이 대문 밖에서 울고 있다

낡은 처마에 희미한 외등이
식구의 늦은 귀가를 기다린다
세상의 반은 잠들었을 시간
마을 입구 건널목을 기차가 지나간다
캄캄한 골목 끝 발자국 소리
뒤이어 짖어대는 동네 개들의 소란
다시
정적이다
왈칵, 더욱 짙게 몰려오는 어둠
작은 위안 되어주던 앞집 창도 불 꺼지고
시린 어깨 움츠리며 앉은 대문간
아직 오지 않는 식구 생각에
조용히 웅크린 골목의 겨울밤
어디 멀리 기차가 간다

야간 운행

일단 도시를 벗어날 것
창문을 반 이상 내려볼 것
숨통을 조여오던 머릿속 생각들
바람에 날리기 좋을 만큼 달려볼 것
가능한 자정을 넘기면 좋겠지
밀감빛 가로등이 있어도 좋겠지
외곽 순환도로 내리막에선
엑셀에서 살짝, 발을 떼도 괜찮겠지
슬며시 핸들을 놓아보면 어때
아, 그렇다고 방심하지는 마
모든 건 순간, 순간이라구
당신이 나를 벼랑에 세운 그때도
영영 만나기 힘든 직선을 그은 그때도
아주 짧은 순간이었을 거야
자, 창밖으로 고개를 내어볼 것
입을 크게 벌리고 숨을 들이켜고
내장 속의 고통을 힘껏 질러볼 것
다시 나를 찌르는 화살 되지 않도록
짐승처럼 단절음만 뱉어낼 것
사방 검은 휘장 두른 듯한 국도에선

불을 끄고 차에서 잠깐 내려볼 것
하늘땅 경계가 의미 없는 들판에서
오래된 별을 보며 울어도 괜찮겠지
눈 감고 소리로만 주변을 느껴보고
온몸에 푸른 별 오소소 돋도록
자신을 잠깐 그대로 둘 것
차에 오른 후에는 달려온 길 되짚거나
가던 길 계속 나아가도 무방함
지울 수 없는 기억이라면
두고 온 시간에 미련이 없다면
엑셀 위 놓인 발에 힘을 줘도 무방함
길은, 다 통한다잖아

고진하

허수아비
닭의 하안거
뽕, 뽕의 추억
노천카페 – 인도시편

고진하 원주시립도서관 파견 작가. 1987년 〈세계의 문학〉을 통해 등단했다. 시집 『지금 남은 자들의 골짜기엔』 『우주 배꼽』 『수탉』 등과 산문집 『나무 신부님과 누에 성자』 『영혼의 정원사』 등이 있다.

허수아비

어두운 논두렁 가에 서 있는
흰 헬멧을 쓴 허수아비를 보고 돌아섰습니다
그까짓 없는 유령이 두려워서였겠습니까
까닭 없이 저무는 가을이 허전해서였겠습니까
집 앞까지 와 돌담 너머로
집 안을 우두커니 들여다보는데
유령의 집은 아니었습니다 불빛 희미한 창문
아픈 노모의 구부러진 그림자가 어른거렸습니다

닭의 하안거

푹푹 찌는 폭염 속 노랑 암탉 한 마리 짚둥우리에 들어가 벌써 열흘째 알을 품고 있다. 실은,

알도 없는 빈 둥우리 곤달걀 하나 없는 빈 둥우리 속 더워서 훅훅, 훅훅거리며

없는 알을 품고 있다. 저 닭대가리! 나도 몰래 먼저 욕이 툭 튀어나왔다. 뾰족한 착상의 알도 없으면서 허구한 날 의자에 눌러 붙어 앉아 낑낑거리는 시인처럼(아, 바로 나처럼!)

저 닭대가리! 없는 알을 품고 앉아 뜨거운 체온을 불어넣고 있다.

그러고 보니 문득, 지난여름 내설악 높은 암자에 하안거 夏安居 들었다 내려온 친구스님 생각난다. 풍물시장 바닥에 퍼질러 앉아

목이 마른 듯 곡차 한 사발 벌컥벌컥 들이켜며…… 올라가 죽치고 앉아봐야 아무것도 아무 것도 없더라구…… 그래? 없구나, 없는 것이구나. 젠장. 하지만 지금 이 순간도

없는 알을 품고 있는 놈이 좀 안쓰러워 물 한 바가지 들고 닭장 안으로 들어가 둥우리 속을 힐끔거리는데, 갑자기

더 가까이 다가오면 쪼아버리겠다는 듯 노랑 목털을 쥘부채처럼 부스스 곤두세우고……

뽕, 뽕의 추억

쥐 잡아 먹은 괭이 주둥이같이 시뻘겋겠다!

매리지 저수지 가는 길 옆 개울가에 있는 큰 뽕나무를 흔들자 후두두둑 떨어지는 검은 오디들. 왜 아무도 따먹지 않지……? 그렇게 중얼거리며 주워 먹다 보니, 시뻘건 괭이 주둥이 생각이 나 흐르는 개울물에 손과 낯을 씻는다. 거짓말 조금 보태자면, 흐르는 개울물이 벌겋다.

농업고등학교 시절, 누에 철엔 뽕나무에 매달려 살았다. 조숙한 친구 중엔 벌써 뽕도 따고 님도 보는 놈도 있었지만, 나는 그냥 뽕, 뽕만 땄다. 쨍쨍한 볕에 얼굴이 오디처럼 까맣게 그을어도 따고, 부슬부슬 비가 내려도 땄다. 잠실蠶室에서 꼬무락대고 있을, 뽕잎만 먹고 사는 누에를 굶겨 죽일 순 없었으므로. 또 누에는 엄청난 대식가였으므로. 그러다가 뽕 따기가 지겨우면,

왜 누에는 푸른 뽕만 먹을까…….

푸른 뽕만 먹은 누에의 한살이, 그 결말은 왜 뽕을 먹은 입으로 토해내는 고운 비단緋緞일까…….

헛참, 나는 철없던 그때 떠오르던 의문, 판도라 상자를 여직 못 열었거니와, 하늘에 다닥다닥 매달린 검붉은 오디나 더 따 먹을 궁리를 하고 있으니, 언감생심 무슨 비단은…….

노천카페
−인도시편

허름한 노천카페에서 흘러나오는
조개탄 연기가 푸른 실비단처럼 길 위에 깔립니다.
낡은 담요 한 장 둘둘 말아 품에 안고
또 가없는 길을 나서는 저 노숙의 아침도
쿨룩, 쿨룩대며 맨발에 실비단을 휘감으며 지나갑니다
여기는 여직 맨발이 통하는 세상
카페 주인은 제 맨발을 닮은 시커먼 냄비에
우유를 붓고 이글거리는 화덕에 올려놓습니다
이내 냄비 뚜껑이 들썩, 들썩거리기 시작하고
아까부터 날 따라붙던 비루먹은
황구 한 마리가 카페 앞에 와 고개를 갸웃거립니다
짜이 한 잔, 비스킷 한 조각 황구와 나눠 먹고
짐 꾸려 다시 길 나설 즈음,
나보다 저만치 앞서 맨발이 꽃피우며 가는
만행漫行의 푸른 곡선이 그리워
한결 홀가분해진 발걸음을 천천히 떼어 놓습니다

최준

때늦은 답장 · 지난여름의 3차 · 나비 · 만항재

최준 충청북도음성군대소도서관 파견 작가. 1984년 〈월간문학〉, 1995년 〈조선일보 신춘문예〉를 통해 등단했다. 시집 『너 아직 거기서』 『개』 『뻘라부안라뚜 해안의 고양이』 『나 없는 세상에 던진다』 등이 있다.

만항재

여름이라지만
길이라지만
노래도 부르지만
힘들다고 걍르릉 걍르릉
바퀴가 땀 흘리지만
구름에서 발아한 꽃들의 오후가 있고
별에서 태어난 개똥벌레들의 밤이 있고
떠난 이들의 숨소리로 불어오는
바람이 있다
바람이 숨 고르다 가는 빈집이 있다
그래, 이 고개 넘으면
타지다 다른 세상이니
고갯마루에서는
잠시 쉬었다 가라
지상 마지막 그늘이다
단 하나의 고요다
여름이라지만
여름이랄 수 없는
다시는 돌아오지 마
태양이 얼굴만 슬쩍 보여주고는
사라져버리는

나비

너무 늦게 가면 날이 새는 길
꽃 피는 시간을 헤매는 일도 슬픈데

내 날개가 해일이 될 수도 있다고?

날개에 숨겨진 길섶엔 꽃이 없고
향기도 없네 다만
버리기 위해 가는 길

햇빛은 내 몸의 문신을 끝내 읽어내지 못하네
길만 보여주며 그래도 계속 가겠느냐고 묻네

고백하자면, 처음부터 날개를 따라 갔었네
돌의 가슴을 열고 들어가
편하게 쉬고 싶은 날들이었네

그런 나를 그대는 천사라 부르지
낙엽으로 지는 눈송이라며
봄의 고개를 넘어 아득히 사라져가지

지난여름의 3차

비가 내렸지 아마
빗나갔었다고, 그런 적 있었다고 네가 말했지만
알잖아 그 무거운 별빛들을 묵묵히 견디며
멀쩡하기만 했던 지붕과 지붕들
그토록 비 맞고서도 좀처럼 사그라지지 않던
세상의 거품들

나무들이 숲을 펑크 낸 날 밤이었지
길에게 묻는 마지막 질문이라며
그래도 기어 다녔던 길이 더 좋지 않았냐고
네가 말할 때,

기억해?
나는 너의 말 속을 기어 다녔지
서서히 잦아드는 거품을 만지작거리면서
마음으로
너를 읽어내려 애쓰고 있었지

그래, 어느 순간 손안에 들어왔다
빠져나가기도 했었을

길

나는 늙는다 늙어간다고
길을 발로 차면서, 차고 다니기 시작하면서
네가 세 잔의 맥주잔을 더 비울 때
실은 나 또한 너처럼
어떤 늙음에 대해서도 일찍이 배운 바 없지만

우리는 어깨동무하고 기억 속으로 걸어 들어갔지
그 길은 끝이 없었지

때늦은 답장

시월엔 구름 편지를 받으세요
당신의 아픔을 봉인한 날개 하나
어깨에 꽂으세요

모든 추억은 사랑이었다고
미쳤던 것이었다고
나, 그러는 게 아니었다고
더 이상 울지 마세요

당신은 잠시도 떠나지 않았어요
내 서랍 안에 꽃 피어 있어요
낙엽이 져도
그건 다만 세상의 일
우리와는 무관한 일이에요
아직도
사랑이 남아 있어요
그러니 제발 아프지 말고
혼자 울지 마세요

김성규

경칩
주머니 1
주머니 2
주머니 3

김성규 정지용문학관 파견 작가. 2004년 〈동아일보 신춘문예〉를 통해 등단했으며 2008년 시집 『너는 잘못 날아왔다』가 문화예술위원회 우수문학도서에 선정되었다. 주요 작품으로 「땅속을 나는 새」「장롱을 부수고」「심문관」 등이 있다.

경칩

저녁이 되어도 아버지는 일어나지 못했다 지붕들이 모두 어둠을 덮고 잠든 겨울밤 놀라 깨어보면 식당 일을 나가 늦게 돌아온 어머니가 설거지를 하고 있었다 더 자야지 아침에 일찍 일어나려면 더 자야지

개구리를 잡으러 도랑에 가면 물 위를 떠다니는 살얼음들, 저 얼음을 타고 어디론가 흘러갔으면…… 큰 돌멩이를 들추면 개구리들은 아직도 잠을 자는지 달아나지 않았다 돌 밑에 숨어 잠을 자는 개구리야 더 잠을 자야지

나는 깨어나지 못하고 있다. 하루하루 무력한 생활을 할 때마다 나 자신이 놀라서 깨어나길 바라고 있다. 어떤 충격이 나를 일으켜 세울까. 스스로가 사냥꾼이 되어 잠들어 있는 나를 발견했을때 나는 소스라쳐 놀라 일어날 것이다.

주머니1

얼음에 실려 떠내려온 강가에서 나는 집을 찾을 수 없었다
강가에서는 사내들이 돼지를 잡고
물고기들은 왜 입을 다물지 못하는가
두터운 얼음 위에서 나는 왜 장대로 강바닥을 밀었는가
무언가 할 말이 있는 듯 거품들이 눈을 뜨고

얼음이 갈라져 나는 오들거리며 물가로 걸어나온다
돼지 피가 묻은 사내들의 손바닥에선
왜 흰 김이 피어오르는가
취해 사내들은 왜 내개 술잔을 권하고
안간힘을 쓰며 내게 이야기하는가

돼지의 소리를 먹은 구름들이 말없이 달라붙어
곁불을 쬐는 시간
핏물이 자갈 사이로 스며들듯
잔디에 붙은 불이 강둑으로 번져나간다

젖은 신발을 주은 사람이
주인의 이름을 궁금해 하지 않듯
내일 또 배를 탈 것을 생각하며 뒤를 돌아보았다

돼지비계처럼 얼어붙은 얼음들이
강둑을 따라 떠내려간다
하구에서는 아무도 알아볼 수 없을 테지만

나는 주머니에 손을 넣고 어디론가 걸어갔다
주머니는 따듯했고 주머니 때문에 잠시 나는 마음이 놓였다
집은 늘 주머니 속에 있었던 것이다

주머니2

집으로 들어가기 위해
나는 허가를 기다려야 한다

벌써 장사꾼들은 냄새를 맡고
집들을 내 머리 위
공중을 떠다니는 풍선으로 만들어놓았다

아까부터 내 주변을 어슬렁거리는
저들이 있는 한
내 외투 속 주머니는 모두 바닥날 것이다

집을 찾지 못하고 몇 시간째 헤매었을 때
껍질로 지어진 작은 주머니가 있었다면
나도 그 주머니를 입고
며칠 동안 숨어 있었을 것이다
계란 껍질 속에 노른자가 몸을 웅크리고 있듯

주머니3

그들은 마법을 잃고부터 더욱 질긴 고집을 얻었다
집을 공중에 띄어놓는 법도
가죽을 분리해 자신의 외투로 만드는 법도
어쩌면 그들의 마법이거나 고집이 만들어낸 것이다

허가증을 보여주고 나서야 나는 허기를 면할 수 있었다
허가증은 질긴 가죽으로 만들어져
습관처럼 몸에 지니고 있는 한 벌의 외투
가죽을 잃고
맨 살덩어리가 된 이후 나는 곱씹어보았다

무엇 때문에 나는 전쟁에 소집되었던 것일까

아까부터 내 주변을 서성거리던 여자가
익숙한 목소리로 말한다
내 아들아 예전처럼 편안한 표정을 지어보거라

한지붕 아래 모인 그들은 서로를 확인하는 중이다
살가죽이 살덩어리를 낯설어하듯

주머니 속 몇 가지 소지품으로

낯선 사람들과 둘러앉아 나는 그들의 습관을 떠올려본다

배한봉

홍시를 딴다

눈물

부화하는 숲

첫사람

배한봉 경남문학관 파견 작가. 1998년 〈현대시〉를 통해 등단했다. 윤동주상 문학상 등을 수상했으며 중학교 교과서에 시 「아름다운 수작」이 수록되었다. 시집 『흑조』 『우포늪 왁새』 『악기점』 『잠을 두드리는 물의 노래』 등이 있다.

홍시를 딴다

감나무 꼭대기 홍시

장대 들이밀자 바알갛게 익은 홍시 하나 그만 덤불 언덕에
떨어진다

홍시의 추락은 세상을 버림으로써 세상의 중심이 되는 일

떨어져 안착한 홍시는 누렇게 마른 덤불이 붉고 큰 새알 하
나 받쳐 든 것 같다

그럼으로써 덤불은 새로운 세계의 한 풍경으로 아름다워진다

밤새도록 내 영혼의 골짜기에서 울던 새들이 필생의 힘을
다해 낳아놓은

울음 덩어리도 붉고 큰 새알 되고 싶을 것이다

태양과 달이 수백 번도 더 잠들었다 깨어나기를 반복하며
만들었을 알

바람과 구름의 말이 줄口 소리와 탁啄 소리로 스며들어 있
을 알이 되고 싶을 것이다

다시 장대를 들이밀자

어깨가 아프다

내 안에 달린 둥글고 붉은 어떤 것을 떨어뜨리려고 중력이
힘껏 내 어깻죽지를 잡아당기는 모양이다

가지 축 늘어진 감나무들

저들도 오십견을 앓는 것일까

뼈 마디마디에서 바람 꺾어지는 소리 들린다

나는 홍시를 놓친 것이 아니다

손돌바람이 점령한 늦가을 하늘의 숨은 온기를 지상에 데
려온 것이다

덤불 언덕을 우주의 붉은 중심으로 만든 저기 저 천의무
봉의 알 하나

누추하고 쓸쓸해서 아픈 한세상이 환해진다

새 세계를 얻으려면 제일 먼저 가지고 있던 세계를 놓아
야 한다

눈물

눈물은 송곳보다 힘차게 살가죽을 뚫는다. 흐느낌 없어도 끓는 몸의 순간을 생각보다 먼저 간파하고 용암처럼 솟는다. 강철 사나이도 그 힘을 막지 못한다.

꺼내야 하는 순간 눈물을 꺼내지 못한다면 몸은 스스로 살가죽을 풍선처럼 터트리고 말 것이다. 영혼의 별은 빛을 잃고 새는 찢긴 북처럼 노래하지 못할 것이다. 눈 속의 어둠을 눈물만큼 잘 닦아낼 수 있는 것은 세계 어디에도 없으므로 눈물은 육체의 물질이 아니라 심연의 반영이다.

얼음의 시간, 암흑의 지하 동굴에 갇혀본 자는 알 것이다. 박쥐처럼 찍찍거리는 슬픔을 저으면 차갑고 캄캄한 시간이 새어 나온다는 것을. 그 공포가 숨어 있는 지하 동굴, 퇴로를 막아놓은 빙벽은 우리 속에 있다. 결빙을 뚫을 수 있는 것은 오직 세상에서 가장 뜨겁고 격렬한 눈물뿐이다.

칼의 맹세는 피 냄새를 가지지만, 태양을 보며 눈물로 이름을 새긴 맹세는 피를 정화시킨다. 70% 수분 가운데 1%도 안 되는 눈물이 짜고 뜨거운 이유도 거기 있다. 눈물은 힘이 세다.

부화하는 숲

우포늪 장재마을 앞의 왕버들 숲
동산에 올라가서 보니, 어떤 거대한 알을 품안은 것 같다
아니, 깊고 울창한 비밀 그대로가 하나의 알이다
1억 년 생명의 자궁, 그 깊은 곳에서 부화를 기다리는 알
이다

잎들은 워즈런즈러니* 알을 쓰다듬고
바람은 마음의 갈피를 소슬하게 넘긴다

오늘 같은 날에는,
질척거리는 삶의 늪에 뿌리박은 우리들 슬픔도
가을 하늘만큼 푸르러져서 거대한 알 하나 품고 있겠다

왕버들 숲의 비밀이 부화하려나 보다

우람한 몸피, 울창한 문장이 가을 하늘만큼 깊고 높다

*워즈런즈러니 : 울긋불긋 화려하게

첫 사람

눈 내리는 날이 그리울 때가 있다
그것은 순백의 미래를 기다린다는 말
때 묻지 않은 세계를 꿈꾼다는 말
절망 없고 고통 없는 내일을 열어가고 싶다는 말

눈 내리는 날이 그리울 때
당신하고 나하고는 치운 바람 속으로 가자
가슴 활짝 편 채 당나귀처럼
두 눈을 껌벅이며 자꾸 앞으로 가자
설국雪國은 맑고 치운 바람을 품고 있으리니

흰 눈길에서 새로이 출발하는
아름다운 동행을 꿈꾸는 당신하고 나하고는
하얀 입김만으로도 눈발 날리는
새 하늘을 열 수 있을 것이다
하늘과 땅이 하나로 이어지는 세계
순백의 미래를 열 수 있을 것이다

신새벽의 흰 눈길이 그립다는 것은
당신하고 내가 사랑을 하고 있다는 말

당신하고 내가 함께 열어가야 할 내일이 있다는 말
그러니 당신하고 나하고는
한몸으로 내리는 신새벽의 첫눈이 되자
순백의 희망 눈부시게 여는 첫 사람 되자

이영춘

보름달에게 묻는다

경계 ― 산소마스크 속 엄마

지구를 떠난 유성들

옹이

이영춘 춘천평생교육정보관 파견 작가. 1976년 〈월간문학〉 신인문학작품상, 1987년 윤동주문학상 우수상 등을 수상하였다. 시집 『종점에서』 『시시포스의 돌』 『네 살던 날의 흔적』 『슬픈 도시락』 『시간의 옆구리』 등이 있다.

보름달에게 묻는다

달아, 꽉 찬 달아, 너는 아느냐?
신문지 몇 조각으로 몸 가리는 노숙자들을
푸성귀 몇 다발 놓고 하루를 사는 아낙네들을
자식 다 잃고 목 놓아 하늘만 쳐다보는 이웃들을
땅거미 지는 어스름 녘 보루 박스 몇 장에 리어커를 끌고가
는 노인네를
아비, 어미, 다 잃고 혼자 울고 있을 아이들을
달아, 만삭의 달아! 너는 아느냐?
네 등 뒤에서 울고 있을 그들을 위해 나는 고백한다
내 부엌에는 이십 킬로그램짜리 쌀 몇 포대가 있다는 것을
냉장고 문을 열면 언제나 먹을 수 있는 반찬이 있다는 것을
등 뉘일 따뜻한 방과 침대가 있다는 것을
그 침대가 놓일 네 개의 기둥, 번듯하게 떠받치는 집이 있
다는 것을
이런 장막에서도 허기지는 이유를,
신문지 조각으로 몸 가린 몸보다 더 추운 이유를,
달아, 배부른 달아, 너는 아는가?

경계
−산소마스크 속 엄마

저 깊은 세계에 아직 들어가지 않았을 엄마에게
어둠과 빛 사이를 넘나들고 있었을 그 경계 사이에 낀 엄마
에게
이승의 소리로 자꾸자꾸 엄마의 생을 끌어올려야 했었는데

산소마스크 속,
그 속에는 어둠의 속도만 깔려 바깥소리 안 들리는 정지의
시간
그 시간인 줄 알았는데
입 가린 산소마스크 속 육중한 돌무덤 그 속에서도
더욱 귀 밝은 소리로 들을 수 있는 귀가 열려 있다는데

나는 그 소리 건져 올리지 못한 채 발길 돌렸던 백치,
백치의 시간만 돌덩이로 남아
아직도 엄마는 내 가슴속에서
가쁜 숨 몰아쉬고 있네

시간은 긴−긴 어둠의 꼬리를 물고
건져 올리지 못한 엄마 생의 터널에서
팔딱팔딱 붉은 방점 하나씩
내 가슴에 찍고 있네

지구를 떠난 유성들

돌아올 수 없는 강 저쪽의 것들과
돌아올 수 있는 강 이쪽의 한중간쯤에서
나는 살아 있는 모든 것들과 악수를 한다

바람의 날갯짓이거나 어둠을 만지는 먼지의 몸짓으로
내 심장에 깊은 뿌리로 살아
음악 같은 피돌기를 한다

강 저쪽으로 흘러간 물살무늬의 얼룩들,
이제 더 이상 손잡을 없는 슬픈 악수

하늘에서 흘러간 사람들이나 바다에서
혹은 땅에서 흘러들어간 저 천공의 눈동자들,

오늘 밤 지상의 빗금으로 사라지는 저 별들의 장송곡
젖은 땅 마른 가슴에 무명의 돌 비석 하나씩 박아놓고
떠난 사람들아, 사랑의 사람들아!

오곡이 피는 가을 들판 생명으로 출렁이는데
돌아올 길을 잃는 강 저쪽의 사람들

어느 구천에서 잠들고 있을까

손과 손 잡을 수 없는 강 이쪽에서
가을은 슬프게 익어가고 있구나

옹이

그녀를 세우고 있던 기둥이 무너진 날 그녀는 오래오래 그늘기둥에 귀를 대고 만장의 기를 세운다
어디서부터 길이었고 어디쯤에서 길이 끊겼는지 뒤를 돌아보지 않는다
발뒤꿈치에서는 노상 빗물 같은 레퀴엠이 흐르고 지상의 문을 닫고 돌아간 사람은 이제 다시 돌아올 길을 잊은 지 오래다

적막, 가득하다

유리 벽 사이로 흐르는 저 어둠의 깊이, 먼 산등성이로 까마귀 떼 날아갈 기미는 보이지 않고 산등성이 따라 흐르는 그녀 만장의 흐느낌! 흐느낌!
이제 그 긴 만장처럼 그녀 생의 한 기폭이 검은 조기로 내려 꽂힌다

나는 오래오래 그녀 만장의 한 폭에 귀를 대고 기우뚱 세상 한끝이 무너지는 소리, 그 울음소리를 듣다가 느릿느릿 내 빈집으로 돌아오곤 한다.

이경진

어머니의 텃밭
꽃이 들어왔다
웃음소리
새소리 - 덕암리

이경진 완주군립도서관 파견 작가. 2006년 〈문예연구〉 신인상을 수상하며 등단했다. 〈청년문학〉 〈작가의 눈〉 등 여러 매체를 통해 작품을 발표하고 있으며 시집 「그 숲에 당신이 왔습니다」가 있다.

어머니의 텃밭

어머니 서른여덟에 청상과부 되어
십여 년을 셋방살이만 하다가
처음 얻은 집이 담도 마당도 없고
무허가로 지어서 시청 건물 대장에도 없는
십일 평짜리 문간채였다
그 집에서 어머니는 이십 년을 살았는데

어쩌다 집에 들르면 어머니는
집 옆 골목 길가에 텃밭을 가꾸고 있었다
스티로폼에 흙을 담아 방울토마토나 오이를 심고
그것들 자라는 재미로 살았는데

몇 해 전부턴가 그 텃밭이 사라졌다
사람들이 제 것 아니라고 맘대로 꺾고 따가서
속상해 더 이상 못 기르겠다
사람들 괜히 미워져서 다 치워버렸다

그랬던 어머니, 지난 추석 때
인천에 있는 동생 내외가 도착하자
고추를 총총 썰어 넣고

들깨 가루 듬뿍 얹은
가지나물을 내오셨다

골목 안집들은 모두 아파트로 나가고
옆집 외팔이 아저씨는 재작년에
뒷집 욕쟁이 할머니는 작년에 다들 먼저 가셔서
이 골목에 살림하고 사는 사람은
이젠 나 혼자라고

사람이 살지 않자 금세 낡아버린 집이
자꾸 눈에 밟혀
뒷집 마당에 푸성귀를 심었는데
그것들 거름 한번 안 줘도 잘 자라서
한철 내내 원 없이 먹었다고
이젠 끝물이어서 그런지
고추는 오히려 여름보다 더 맵고
가지는 아직도 물이 꽉 찼다고
이게 바로 내가 농사지은 거라고
얼굴이 붉게 상기되어 자랑하신다

다시 시집가도 되겠어요

애고고 무슨 소리냐, 얘야 이젠 삼이나 심어야겠다

어머니, 뭐 그리 즐거운지 흥얼거리며 뒤안으로 가시는데

씨알 굵은 석류나무 그늘이 환하다

꽃이 들어왔다

패랭이처럼 머리를 묶은 쪼그만 가시내가 기우뚱거리며 새날서점으로 들어와 한 바퀴 휙~ 마치 무슨 중요한 볼일이라도 있다는 듯 둘러보더니 계산대에 앉아 있던 나에겐 눈길 한번 주지도 않고 나가버린 순간

어질러진 골방으로 키를 늘려 넘어오던 햇빛이 창틀에 걸려 비명 지르면 흐드러진 아까시 하얀 꽃그늘 아래서 습한 몸 말리며 긴 잠을 자고 싶었던 순간

그토록 분홍빛 웃음을 흘리며 월장을 해도 내가 눈길 한번 주지 않았던 담 너머 살구나무에 얄미운 그 가시내 불그스레 윤기 흐르는 볼때기들이 주렁주렁 매달리고 까닭 없이 눈이 흐려지던 그 순간

웃음소리

오동나무 숲에 아이들이 뛰논다
아이들 웃음소리에 늙은 나무가
흠칫 놀라 몸을 부르르 떤다
아니다 이 숲에서 아이들이 떠난 지 오래다
사실 그의 몸은 잘리고 있다
번득이는 전기톱의 이빨이
칠십 년 동안 살찌운 바람과 물과 햇빛을
잘게 부수고 있는데도 그는 이상하게도
그 옛날 숲정이에서 놀던 아이들이
등 긁어줄 때 같은 흥분을 느낀다
저절로 콧노래가 나오고 어깨는 들썩인다
갑자기 곤줄박이를 쫓다 넘어졌던
아이의 비명 소리가 그의 끊어진 세월을 덮는다
누렇게 쇤 머리카락들만 나풀거린다

절름발이 김 노인은
오늘도 삼 년을 잘 말린 나무의 몸에
인두로 암갈색 분粉을 칠한 뒤
기러기발을 꽂는다 그 위에
수의를 짜듯 꼼꼼히 엮은 명주실을

팽팽하게 잡아매고 손가락을 얹는다
파르르 떨리는 소리의 관棺
속에 갇힌 긴 웃음을 터뜨린다
주름진 얼굴에 보라빛 꽃이 핀다

새소리
-덕암리

밤새 술 취한 달빛이 기웃거리던
쪽창 너머로 여명이 들면
대밭에 수런거리는 소리들이 있었다

꾸르륵꾸르륵
삐이익삐이익
가르릉가르릉
휘이이휘이이

어느 땐
여러 끼니 건너뛴 배 속이나
늙은 나무 침대의 관절이 되고
때로는 목울대서 맴도는 가래나
혼을 부르는 휘파람이 되어
새벽잠 설치게 하던 그것들

창문을 젖히면
깃털에 묻어 있던 돋을볕을 흩뿌리며 날아갔고
더러는, 대나무의 치렁치렁한 머리카락 속으로 숨었다

부엌문 앞엔 반송된 편지들이 쌓이고
냉장고 속 달걀처럼 삭아가던 나날들
대밭이 품어 키우던 그 소리들을 먹고 살았다
가끔, 곰팡이 슨 밥 덩이를 젯밥처럼 내다놓곤 했다

고정국

부처와 은행나무
도래지에서
그리운 섬
이월의 숲

고정국 서귀포학생문화원 파견 작가. 1988년 〈조선일보 신춘문예〉를 통해 등단했다. 시조 창작 교육을 통해 시조의 대중화에 힘쓰고 있으며 시조집 『진눈깨비』『지만울단 장쿨래기』『서울은 가짜다』 등 다수가 있다.

부처와 은행나무

나무도 성불한다는
시월상달 운문사 가면

일제히 날개를 접는
수천수만의

　　　나비

나비

부처가 맨발로 내려와
대웅전 마당을
쓸고
있었네.

도래지에서

바다는 산을 향해, 산은 바다를 향해
조용히 정낭을 여는 하도마을 철새 도래지
까맣게 천리를 이어온 점선들이 내리고,

새는 새끼리 갈대는 갈대끼리
하류에 이르러서야 제 살붙이를 찾는……,
노을 녘 오리 울음엔 피가 섞여 있었다.

어느새 상하좌우 분리수거에 이골 난 바람
석 달 열흘 허공을 떠돌다 무참히 삭제당한
철거민 문자 한 줄이 이곳에 와 뒹굴고,

피 한 방울 눈물 한 방울 바람 앞에 다 바치고
춘하추동 열두 계단, 맨 나중의 습지로 와서
비로소 묵상에 드는 갈대숲에 내가 와 섰네.

그리운 섬

섬에서 일박할 때
머리맡을 지키던 사람
곤히 잠든 섬들 사이로
잠옷인 채 빠져나와
객창客窓에 눈길 흘리던
하현달이 있었네.

생각이 끝에 닿으면
등 하나를 켜 단다는
깜빡깜빡 취중에도
말을 아끼던 섬 친구야
다도해 바위섬 꼭대기
등댓불을 빼닮은!

살짝 데친 돌미역으로
아침상을 치른 바다
연락처도 남기지 않고
도항선에 바삐 오르던,
섬 두고 섬 찾아 떠난
그때 섬이 그립다.

이월의 숲

빙점을 치르고서도 제자리를 지키는 저들
부채꼴 탑을 쌓는 나목들의 관습에 따라
제 몫의 하늘을 섬기는
잔뼈들이 보인다.

한 곳에 이르기 위해 길 아홉을 버려야 하는
뼈뿐인 잡목 숲은 그대 영혼의 사원이었네
선 채로 참선을 마친
팔다리가 눈부셔.

눈은 뜨지 않았어도 이월은 참 귀도 밝아
겨울과 봄 사이 뽀얀 빛이 감도는,
'바스락' 은밀한 곳으로
한 쌍
새를
앉힌다.

'문학관, 도서관에 문학작가 파견 사업' 작품집

자장면 먹는 노인

1판 1쇄 2010년 12월 25일

지 은 이 강윤미 외

발 행 인 주정관
발 행 처 북스토리
주   소 경기도 부천시 원미구 상3동 529-2 한국만화영상진흥원 311호
대표전화 02-332-5281 | 편집부 032-325-5281
팩시밀리 02-323-5283
출판등록 1999년 8월 18일 (제22-1610호)

홈페이지 www.bookstory.biz
이 메 일 bookstory@bookstory.biz

ISBN 978-89-93480-67-2 03810
ISBN 978-89-93480-63-4 03810 (세트)

※잘못된 책은 바꾸어드립니다.

이 도서의 국립중앙도서관 출판시도서목록(CIP)은 e-CIP 홈페이지
(http://www.nl.go.kr/ecip)에서 이용하실 수 있습니다.
(CIP제어번호 : CIP2010004658)

본 책자는 문화체육관광부(주최)와 한국도서관협회(주관)의 '체육진흥투표권 공익
사업적립금'으로 추진된 '문학관, 도서관에 문학작가 파견 사업'에서 지원함.